곱다시 사랑합니다

정산程山 이 헌李憲

전라남도 나주에서 태어났다.
2014년《한국작가》(수필), 2015년《시조사랑》(시조)으로 등단했다.
한국문인협회, 한국시조협회, 관악문인협회 회원으로 활동하고 있다.
시조집『바람의 길을 가다』『동산에 달 오르면』『어머니의 빈집』『세월
을 중얼대다』『곱다시 사랑합니다』, 문집『하늘집 사랑채』(김창운 공저)
를 출간했다.
honeyboy2@hanmail.net

곱다시 사랑합니다

—

초판 1쇄 2022년 4월 15일
지은이 이   헌
펴낸이 김영재
펴낸곳 책만드는집

—

주소 서울 마포구 양화로3길 99, 4층 (04022)
전화 3142-1585·6
팩스 336-8908
전자우편 chaekjip@naver.com
출판등록 1994년 1월 13일 제10-927호
ⓒ 이 헌, 2022

—

—

ISBN 978-89-7944-798-9 (04810)
ISBN 978-89-7944-354-7 (세트)

책 만 드 는 집　시인선 194

곱다시 사랑합니다

이
헌
시
조
집

책만드는집

언제나 그러하듯 많은 일 제쳐두고 한 줄 글 찾아 더듬대는 일상은 늘 힘이 든다. 나 혼자 가야할 길, 해야 할 일 남았는데 생각만 앞서가고 날마다 그 자리, 그 자리다. 그래도 아직은 풋풋한 꿈, 내려놓을 수 없다. 빛이 되는 세상일 가슴에 묻어두고 마음의 빛이 되는 그런 글, 그런 글을 쓰고 싶다. 힘들고 어려워도 다잡고 나서면 언젠가는 이를 수 있는 길, 그 길을 그저 묵묵히 가고 싶다. 많이 부족한 글, 곱게 읽어주시고 더 넓은 곳으로 이끌어주신 황치복 교수님께 깊은 감사를 드린다.

2022년 4월

이 헌

| 차례 |

5 • 시인의 말

1부 　봄길 걸으며

13 • 매화 필 무렵
14 • 풍경 소리
15 • 우수 무렵
16 • 봄길 걸으며
17 • 접시꽃
18 • 정
19 • 외딴집
20 • 그 강가에서
21 • 징검다리
22 • 차를 마시며
23 • 친구 생각
24 • 그 사람이 그립다
25 • 벗에게
26 • 적
27 • 산길에서
28 • 간이역
29 • 성묘
30 • 해후
31 • 지금도 마로니에는
32 • 모퉁이 국밥집
33 • 그냥
34 • 한 끼
35 • 첫눈
36 • 물한실 비자나무

2부　그 밤은 포근했다

39 • 연둣빛 봄날

40 • 가슴앓이

41 • 작은 꿈

42 • 민들레

43 • 그 밤은 포근했다

44 • 잠에 들다

45 • 수련

46 • 어머니

47 • 이제 시작이다

48 • 그리할 수 없습니다

49 • 살아내기

50 • 겨울 강

51 • 무명 시인

52 • 모를 일

53 • 동산에 올라

54 • 굴렁쇠 굴리며 갑니다

55 • 보고 싶다

56 • 사랑이란

57 • 스쳐 지났다

58 • 늦가을 단상

59 • 찻집에서

60 • 눈이 온다

61 • 나목

62 • 겨울 관악

3부 곱다시 사랑합니다

65 • 보리밟기

66 • 춘삼월

67 • 곱다시 사랑합니다

68 • 봄날

69 • 작은 바람

70 • 담담

71 • 매미

72 • 빈집에 누가 다녀갔다

73 • 오후의 산책

74 • 깊은 밤

75 • 연꽃

76 • 친구여

77 • 그런 날

78 • 동그라미

79 • 잘못 살았다

80 • 그리 그냥 삽니다

81 • 잡초

82 • 욕심

83 • 흑백사진

84 • 부부의 날

85 • 겨울 문턱

86 • 오래된 사진첩

87 • 눈 내린 아침

88 • 산에 들다

4부   펄럭이고 싶었다

91 • 봄비

92 • 산사에서

93 • 내가 사는 법

94 • 살가운 날

95 • 그 길

96 • 글을 쓰고 싶다

97 • 오후 세 시

98 • 그곳, 산동네

99 • 불망

100 • 살아내는 일

101 • 얼마나 좋을까

102 • 처음 내 집

103 • 입동

104 • 촛불

105 • 풀꽃 사랑

106 • 펄럭이고 싶었다

107 • 낙엽

108 • 너에게 가는 길

109 • 늦가을 오후

110 • 복기

111 • 그런 글

112 • 하소연

113 • 만년

114 • 세모

115 • 해설_황치복

1부

봄길 걸으며

매화 필 무렵

삼동을
견뎌내며
멍울로 숨긴 불씨

알싸한
바람길에
수줍게 가슴 열면

봄비가
점점이 내려
이슬처럼 맑아라

풍경 소리

세상의
소리 중에
풍경 소리 제일 맑다

스치며
지나가도
여운이 길게 남는다

이명을
죄다 털어내고
법어로 채워볼까?

우수雨水 무렵

제 속살
내비치며
버들이 실눈 뜨면

살가운
바람들이
군내를 털어내고

누군가
올 것만 같은 날
손님처럼 비가 왔다

봄길 걸으며

말갛게 닦은 하늘 바람에 출렁이고
알몸으로 날아오른 아지랑이 춤사위에
눈시울
붉어진 하루
봄빛이 성근지다

바람이 들썩이며 눅눅한 마음 털고
꼭 싸맨 삶의 행간 향기로 번져나면
풀꽃의
동그란 미소
봄물 길어 올린다

접시꽃

노을을
등에 지고
유모차 따라가는

등 굽은
할머니네
접시꽃 울타리에

층층이
매달린 꽃등
붉게 붉게 피었다

정情

애면글면
살아온 날
꺼멓게 태운 가슴

있는 듯
없는 듯이
그리 그냥 살다가도

절절한
마음을 담아
등燈 하나 내걸었다

외딴집

바람도
살펴 가는
병풍산 둘러친 곳

좁다란
샛길 한 줄
세상을 잇고 있다

봄여름
오가는 세월
빗장 열고 지나고

그 강가에서

결 고운 바람들이 밤 지샌 강을 깨워
물안개 칭칭 감은 갈잎을 털어내고
눈부신
아침을 위해
물비늘을 띄웁니다

구름이 벗겨지고 햇살이 눈부신 날
뱀처럼 길게 누운 그 강을 생각하며
종심從心에
붓끝을 세워
돛단배를 그립니다

징검다리

징검돌
잘 있을까
가만 눈을 감습니다

물안개
물컹한 내川
징검돌이 보입니다

가슴속
묻어둔 그리움
슬쩍 꺼내봅니다

차를 마시며

비 촉촉
내리는 날
따끈한 차 한 잔은

가슴에
묻고 사는
자그만 불씨 한 점

보내고
그리울 때면
보듬고 보듬는다

친구 생각

끊긴 소식
잇지 못한
그 친구 생각나는

자운영
붉은 들에
찔레꽃 하얀 봄날

바람이
물어다 줄까
설렘으로 돋는다

그 사람이 그립다

회색빛 도시 하늘 이고 설 수 없는 날에
불현듯 생각나는 그 사람 이름 석 자
혼자라
더 외로운가?
눈시울 촉촉하다

사람이 그리워도 잊히고 잊고 살며
아무 일 없다는 듯 먼 산만 바라보는
이 겨울
애잔한 가슴
바람이 지나간다

벗에게

하늘 끝
파란 속에
흰 구름 피어나듯

긴 사연
굽이굽이
애틋함이 더할 때면

마음에
들창을 내어
활짝 열고 보고파

적寂

달 없는
그믐밤은
적막이 빈 절간 같아

돋아난
아픔들을
염殮하듯 꼭 싸매고

흩어진
마음을 모아
다소곳 앉힙니다

산길에서

바람의
손짓으로
나뭇잎 몸 비비는

관악산
둘레길은
그들만의 세상이다

걸으며,
근심을 내려놓고
글 한 줄 모셔 간다

간이역

어린 날 아픈 기억 쓰윽 쓱 문지르고
추억만 남아있는 간이역 나 여기 섰다
풀어진
실꾸리 감듯
시간을 되돌린다

그립다 말 못 하고 하늘만 바라보는
겨울 산 나목처럼 그 모습 허허하다
늦은 밤
녹슨 신호기
달빛이 벗을 한다

성묘

삐비꽃
날아드는
야트막 언덕배기

남향집
싸리문 밖
두 분이 서계신다

먼 길을
달려온 새끼들
오냐, 어서 오너라!

해후

먼지 낀
책갈피에
은행잎 잠을 잔다

접어둔
네 마음을
내 잊고 있었나니

봄날에
눈부신 해후다
새 움으로 돋는다

지금도 마로니에는

잊어야
한다기에
맘속에 묻었습니다

보내야
한다기에
붙잡지 않았습니다

삼십 년
세월을 건너와
그 이름 불러봅니다

모퉁이 국밥집

구겨진 지폐 몇 장 주머니 만져보고
잘 익은 막걸리가 주인을 기다리는
국밥집,
모퉁이 돌아들면
바람도 뜨끈하다

달덩이 아줌마가 세월을 숭숭 썰어
국밥을 끓여낸다 다순 정은 고명이다
온종일
뒤집힌 속을
다독다독 달래줄까?

그냥

아무리
멀다 해도
나서면 닿을 길을

오늘도
종일토록
헛발자국 내디디며

네 안부
묻지도 못했다
버리고 싶다, 그냥

한 끼

지루한
기다림이
한여름 장마 같다

물가에
왜가리가
조병처럼 서있더니

흰 구름
콕 찍어 올린다
목울대 출렁댄다

첫눈

새하얀
밀서 한 장
가지고 왔습니다

목 늘여
기다려야
점점이 빛이 되어

민초의
가슴을 밝힐
등불로 오는 당신

물한실* 비자나무

말로도 다 못 하고 글로도 못다 적을
전설을 품에 안고 천 년을 견뎌냈다
텅 빈 속
다 내보여도
아픔은 꼭 여미고

새들이 둥지 뜨듯 사식들 다 떠나가도
돌아올 날 기다리는 어머니, 그 모습을
가슴에
새겨두었다
잊지 않고 전해주마

* 작가의 고향 마을.

2부

그 밤은 포근했다

연둣빛 봄날

보드란
바람 일고
햇살도 환한 날에

새소리
귀를 씻고
물소리 마음 씻은

젖 냄새
연둣빛 이파리
삐쭉이는 입을 본다

가슴앓이

눈물이
보타지면
하루가 간간하다

빗속을
걸어볼까
산에라도 들어볼까

뜬마음
붙잡지 못해
속울음도 감추었다

작은 꿈

삶이야
찌들어도
꿈 하나 키웁니다

따뜻한
마음으로
소중히 가꿉니다

모두가
하나 되는 날
그날을 그립니다

민들레

내 앉은 이 자리가 무에 그리 대수인가
금수저든 흙수저든 따지지 말 일이다
이 한 몸
찢기고 밟혀도
지키며 살아간다

두려워하지 마라 망설이지도 말거라
바람의 등을 타고 더 넓은 세상 찾아
아이야!
저 멀리 날아라
네 영토가 저기다

그 밤은 포근했다

버스는
언제 올까
도로가 출렁이고

사는 일
흔들려도
물처럼 흘러간다

하늘이
첫눈 주시는
그 밤은 포근했다

잠에 들다

노을이
까치발로
등불을 내건 저녁

밤하늘
품을 열어
아기별 내려놓고

어둠이
세상을 잠재우면
하루를 시침한다

수련睡蓮

물거울
바라보며
이슬로 단장하고

번뇌를
내려놓고
달빛으로 채웁니다

화두話頭는
무엇입니까?
꽃대 밀어 올립니다

어머니

뒤란의 나뭇잎을 바람이 훑고 가면
고적함 달래려고 텃밭에 매달리시던
당신의
애잔한 세상
아직 또렷합니다

달고 산 가난에도 넉넉히 품어 안은
그 그늘 어찌 다 헤아릴 수 있으리까
따뜻한
햇살 한 자루
마당에 널었습니다

이제 시작이다

이슬로
목 축이고
옹골진 꿈을 안고

가야 할
길이 아닌
가고픈 길 나섰다

먼동은
아직 멀어도
마음은 붉디붉다

그리할 수 없습니다

보고픈
그 마음을
그리움, 그리움을

한마디
말도 못 한
아픔을, 그 아픔을

어찌해
잊으라 하십니까?
그리할 수 없습니다

살아내기

지금도
아파하고
내일도 아파하며

캄캄한
세상에서
눈감고 사는 거지

사는 게
별거 있던가?
일력을 뜯어낸다

겨울 강

강물이 뒤척이며 속엣말 풀어내는
강가에 나앉으니 초겨울 바람 차고
꺾인 목
쳐들지 못한
갈대 울음 아리다

다잡지 못한 마음 강둑에 내려놓고
새들이 남기고 간 깃털을 주워 든다
강물은
두 손 모으고
수굿하게 흐른다

무명 시인

꽃들은
지더라도
향기는 두고 간다

남길 게
하나 없이
맹물로 살아왔다

언제쯤
글다운 글 한 줄
품어볼 수 있을까

모를 일

내 속의
모난 생각
궁굴리고 궁굴리면

반질한
몽돌 될까?
뾰쪽한 송곳 될까?

아무도
모를 일이다
사는 일 그러하다

동산에 올라

숨소리
가만 덮고
사위를 다독이며

귀 열고
들어보는
아침 해 돋는 소리

탄생은
신비로웠다
아기의 볼이 붉다

굴렁쇠 굴리며 갑니다

세월이 굴리고 간 굴렁쇠 흔적 따라
지나온 길 들춰보는 마음이 조붓하다
잊고 산
그 사람 그 모습
안개로 피어나고

시간이 어긋나고 상처만 크게 남아
허기져 늘어진 날 꿈에서 그를 봤다
굴렁쇠
굴리고 가는
작은 웃음 둥글다

보고 싶다

혼자여
외로운 날
외롭지 않으려고

먼 산만
바라보다
눈멀어 아득하다

너에게
이르는 길이
이리도 멀 줄이야!

사랑이란

지난날
아픈 기억
지우지 못했는데

용서는
사랑이라
주문처럼 외어대며

마음을
조리질한다
미움을 걸러낸다

스쳐 지났다

살矢같이
빠른 세월
덧없고 야속해도

뉘라서
막아서고
그 누가 붙잡을까?

물처럼
흘러, 흘러가고
바람은 스쳐 지났다

늦가을 단상

검버섯 피어나는 성에 낀 감나무 잎
마지막 잎새인가? 눈시울 뜨거운데
아픔을
잘근 깨물며
세월이 앞서간다

발 끊긴 공원 숲길 낙엽이 포개지고
달동네 가로등이 심지에 불 댕기면
가을은
위에서 아래로
미끄러져 내린다

찻집에서

화사한
한지 창에
색등이 아늑하고

차향에
잠긴 찻집
음악이 감미로워도

갈수록
얇아지는 세월
마음은 구름이다

눈이 온다

마음이
편안한 날
포근히 눈 내리면

속세를
품어주는
아늑한 세상에서

화롯불
다독여가며
옛이야기 굽는다

나목裸木

바람 든
마디마디
힘줄 툭 불거지고

세월이
버둥대며
가지 끝 매달려도

풀어진
옷고름 여미고
꽃물 든 꿈을 꾼다

겨울 관악

바위산 묵묵한데 나는 더 낮아지고
품 넓은 하늘 보러 산허리 올라서니
바람결
멧새 소리가
가는귀를 틔운다

한여름 무성한 골 다 지운 겨울 관악
돌길을 막대 짚어 산문에 들어서면
귓불을
스치는 바람
오도송을 읊는다

3부

곱다시 사랑합니다

보리밟기

겨우내
뿌리 들린
보리가 핼쑥하다

밟혀야
피가 돌고
새살이 돋아나서

민초의
드높은 함성
초록 꿈을 키운다

춘삼월

간간이
바람 불어
물안개 몽글몽글

여린 잎
눈을 뜨고
갯버들 살랑대는

연둣빛
삼월입니다
마음은 소년입니다

곱다시 사랑합니다

마음은
부자지만
가진 게 너무 없어

따뜻한
정 말고는
드릴 게 없습니다

그러니
어찌할까요?
곱다시 사랑합니다

봄날

언 땅이 녹기 전에 들풀이 눈을 뜨고
한겨울 묻어뒀던 속마음을 드러내는
봄날은
날마다 새날이다
깃털처럼 가볍다

시詩처럼 하얀 꽃이 등불을 밝혀주면
눈이야 흐릿해도 작은 미소 맑고 곱고
망설여
망설이던 봄비
새 움을 간질댄다

작은 바람

한숨을
실에 꿰어
까만 밤 깁던 시절

걱정도
웃자라던
오래전 일이었다

돌 위에
돌을 놓으며
소원 탑을 쌓는다

담담 淡淡

노을이
눈부셔도
사는 게 눅눅하다

주머니
탈탈 털어
가진 것 다 꺼내놓고

마음도
내려놓으니
달빛이 채워주네

매미

생이야
짧았지만
기다림은 길었던 너

옷 한 벌
걸어놓고
하늘을 날아올라

한세상
울다가, 울다 갔지
눈물은 몰래 닦고

빈집에 누가 다녀갔다

풀들을 뽑아내고 비질 흔적 또렷하고
외등만 깜박이던 골목길이 환해졌다
어머니
품이 그리워
아들 내외 다녀갔나?

봄에는 영산홍이 여름엔 모란, 작약
텃밭의 무, 배추도 자식처럼 길러내신
어머니
냄새 그리워
가만히 다녀갔나?

오후의 산책

숨 막혀
답답한 날
개울가를 걸어보자

바람을
궁굴리며
물수제비도 떠보고

그립고
보고픈 사람
이름 가만 불러본다

깊은 밤

갈 길을
서두르는
개울물 소리 맑고

풀벌레
가는 울음
달빛에 젖어들면

눈 감고
생각에 든다
항아리 속이 깊다

연꽃

세속에
발 담그고
꽃대궁 밀어 올려

깨달음
불 밝히는
그 마음 진여眞如니라

한 소반
달빛을 이고
해탈의 문을 연다

친구여

산 하나 그려놓고 정자도 앉혀놓고
새소리 바람 소리 풀벌레도 모셔 왔네
친구여
달 오르거든
술 한잔 어떠신가?

고향을 얘기하면 먹먹한 가슴 되고
갈대만 서걱대는 그 강둑 다시 서면
흐르고
흘러가는 것이
어찌 강물뿐이랴

그런 날

온종일
종종대다
차분히 앉은 저녁

아픔을
곱게 닦아
점점이 별로 찍고

마음에
빚 하나 없는
그런 날 그려본다

동그라미

뻐꾸기
우는 봄날
덩굴손 늘어지고

물오리
볼 비비는
연못이 거울 같다

혼자서
온종일 터벅대도
돌고 돌아 그 자리다

잘못 살았다

힘들고
어려웠던
그때를 생각하며

평생을
가슴속에
간절함 품어 안고

둥글게
살고 싶었는데
살다 보니 모가 났다

그리 그냥 삽니다

비스듬 닳아버린 내 구두 뒤축처럼
넋 놓고 주저앉은 내 삶도 삭았겠지?
세상은
늘 아득했다
흐린 눈을 닦는다

사는 게 시원찮아 생각도 비탈지고
억지로 웃는 일이 너무나 힘이 들어
시름이
겹겹이 쌓여도
그리 그냥 삽니다

잡초

내 언제
편안하게
탈 없이 살았던가

찢기고
내몰려도
다물고 부릅뜨고

이 땅의
주인은 나다
시린 발 쭉 뻗는다

욕심

이루지
못한 꿈도
이룰 수 없는 꿈도

억지로
끌어안고
속앓이 많이 했다

진즉에
세상 밖으로
내던져야 했느니

흑백사진

내 유년이
걸터앉아
먼 산만 바라보던

천 년도
더 견뎠을
속이 텅 빈 비자나무

흐르다
멈춰 선 시간
사진으로 남았다

부부의 날
-아내에게

풋풋한 스물일곱 꽃다운 스물세 살
인연의 결結을 맺어 새로운 세상 열고
젊은 날
힘들고 어려워도
견디며 살아냈으니

아픔은 꾹꾹 눌러 속 안에 묻어두고
자잘한 근심들은 지우고 털어내며
늙마에
두 손 꼭 잡고
남은 길 마저 갑시다

겨울 문턱

모질고
구차한 삶
그게 다는 아닐진대

코끝이
싸한 아침
시린 손 비벼대며

찢어진
그물코 꿰듯
해진 세월 깁는다

오래된 사진첩

오가리*
깊은 속에
숨겨둔 내 유년이

눈망울
또렷또렷
풋꿈을 꾸고 있다

빛바랜
흑백사진 한 장
아지랑이 돋는 봄날

* '항아리'의 전라도 방언.

눈 내린 아침

아픔을
눌러 덮고
부끄러움 감춰주는

하얀 눈
소복하다
위로가 부드럽다

다소곳
눈을 뜬 아침
먼 산이 가직하다

산에 들다

숨겨둔 마음들을 가만히 내려놓고
시간이 지워버린 민가슴 열어두면
가을 향
풀풀 날리며
산들은 몸을 풀고

실개울 건너가면 어머니 품속 같은
솔향기 앉아 쉬는 넉넉한 너럭바위
묵은 것
토해낸 바람
산등성을 오른다

4부

펄럭이고 싶었다

봄비

봄밤이
왠지 깊어
뜰채로 건진 아침

푸석한
마음밭에
봄비가 촉촉하다

앙상히
보타진 가지
물오르는 약손인가

산사에서

고요가
층층 고인
그믐밤 작은 암자

별 총총
하늘 보며
무구無垢를 염원하는

정갈한
마음을 안고
탑돌이 손 모은다

내가 사는 법

힘들면
쉬어 가고
막히면 돌아가고

세상을
그냥저냥
그렇게 살아간다

하나도
다 모르는데
둘, 셋을 어찌 알랴!

살가운 날

까만 밤 들춰보는 무언가 그리운 날
너와 나 꼬인 타래 한 올씩 풀어내며
가슴속
텃밭을 고르고
시 한 수를 심었다

기다림 도담도담 오후를 뜸 들이고
생각나 더 그리운 마음을 다독이면
벌겋게
달군 우체통
사랑을 익혀낸다

그 길

새들이
떠난 자리
깃털 하나 흔적 되고

한 생을
다 비우면
눈물꽃 피어나도

지나온
가시밭길이
손금처럼 또렷하다

글을 쓰고 싶다

그리운
마음들을
한 줄 시로 엮지 못해

접어둔
내 글들이
눈뜰 날 기다린다

신새벽
눈망울 같은
이슬로 빛났으면

오후 세 시

가난한
마음들을
달래주려 다녀갔나?

뒤란의
동백나무
새소리 남아있다

찻잔에
생각을 따르며
네 모습을 그린다

그곳, 산동네

까치밥 탈골하는 바람도 차디찬 밤
무게를 감당 못 한 단내 난 하루 접고
한 덩이
보름달 따라
골목길 돌아든다

마지막 마을버스 손 놓고 달아나면
가로등 붉게 걸린 돌계단 오르면서
적지도
많지도 않은
그만큼을 생각했다

불망不忘

생각만
앞서가던
풋풋해 푸른 시절

욕심을
가두어라
아버님 그 말씀이

한지에
먹물 번지듯
그리움 촉촉하다

살아내는 일

가로등
어깨 너머
달무리 서는 밤에

시린 손
비벼대는
바람도 멈춰 섰다

잊음은
새로운 시작
이 하루 또 견뎠느니

얼마나 좋을까

흐릿한
눈이지만
세상을 바로 보고

몸이야
비틀려도
마음은 곧게 세워

어둑 밤
찰나 밝히는
한 줄기 빛이고 싶다

처음 내 집

좁다란 골목길이 가팔라 숨이 차서
오르다 쉬어 가던 꼭대기 따스한 집
오롯이
살아낸 십팔 년
서울의 처음 내 집

한겨울 눈 내리면 연탄재로 눈을 덮고
어쩌다 넘어져도 멋쩍어 웃고 말던
하늘이
쪼금 더 가깝던
그 집을 생각한다

입동

건넛산
단풍 들어
가을인가 싶더니만

채마밭
다 털리고
바람 끝 서늘하다

저녁놀
빗살무늬에
점박이 감잎 붉다

촛불

한목숨
그어대면
화들짝 눈을 뜨고

한 생을
살려내는
그 마음 애틋해도

인연은
운명이었다
꽃 한 송이 피워냈다

풀꽃 사랑

제 향기
우려내며
풀숲에 숨어 사는

눈길 한번
받지 못한
흔하디흔한 풀꽃

귀천이
어디 있으랴
고물고물 웃는다

펄럭이고 싶었다

쓰고픈 말 못다 쓰고 파지로 던져져도
상처가 꽃이 되는 그런 날 기다리며
막차를
그냥 보내고
빈속에 달을 먹었다

잊어야 한다지만 잊히지 않는 날에
다소곳 묻고 사는 그 짠한 그리움을
깃발로
내다 걸었다
펄럭이고 싶었다

낙엽

누구나
살던 자리
그 자리 떠날 때는

마음은
남겨두고
몸만 떠나간다는데

한마디
인사도 없이
바람 따라 갔는가

너에게 가는 길

꽃 지고
잎도 지고
내줄 것 다 내주며

그날이
언제 올까
기다려볼 일이다

완생의
꿈을 키우는
나는 아직 미생이다

늦가을 오후

서늘한
갈바람에
한기 든 삶이지만

까치밥
두엇 달린
감나무 우듬지에

깃발로
펄럭인 하루
몸부림 뜨거웠다

복기復棋

근심이 웃자라도 쳐내지 못했는데
지난날 돌아보는 불면의 골이 깊고
봉창에
달빛이 들어
눈시울을 적신다

손으로 셀 수 없는 그 많은 시간들을
모질게 견뎌내며 가슴만 멍이 들고
세월이
자맥질하는
가야 할 길 아직 멀다

그런 글

버릴 것
죄 버리고
비울 곳 다 비우고

자그만
꿈 하나를
가슴에 품고 싶다

읽어야
비로소 글이 되는
그런 글, 그런 글을

하소연

할 말을
참아내고
다부진 마음 먹고

세상의
거센 파도
온몸으로 막아내도

납덩이
무거운 하늘
이고 설 수 없습니다

만년晩年

욕심을
털어내며
때 묻은 손을 씻고

곁눈질
하지 말고
느리게 더 느리게

이 하루
살아내는 일
그것은 인생이다

세모歲暮

산들이 작아지고 하늘도 내려앉고
한 해의 끝자락이 꽉 막힌 터널 같아
사는 일
힘들고 곤곤해도
기다림을 키운다

푸르고 넉넉했던 들녘도 잠에 들고
멈춰 선 시간들이 켜켜이 쌓여가면
지나온
내 발자국들을
찬찬히 되짚는다

삶과 예술에 대한 관조觀照의 미학

황치복 문학평론가·서울과기대 교수

1. 생명의식과 교감交感

이헌 시인은 2015년《시조사랑》을 통해 등단한 이래, 그동안『바람의 길을 가다』를 비롯하여『동산에 달 오르면』『어머니의 빈집』『세월을 중얼대다』등 네 권의 시조집을 상재한 바 있다. 이번 시조집이 시인의 다섯 번째 시조집이다. 그동안 살아온 삶을 되돌아보며 삶의 의미와 가치를 성찰한 사유의 깊이가 고스란히 반영되어 있으면서, 절차탁마의 시조미학을 구축하려 애쓴 결과가 드러나 있어서 내용과 형식 면에서 시인의 시적 성취를 증명해 주고 있다.

특히 형식적인 측면에서 한 장을 3행으로 분절하여 배열하는 9행의 독특한 시조의 형식을 독자화했다고 평가할 만하며, 시조의 가락이 억지로 애쓴 흔적이나 인위적인 조작의 느낌이 없고 물 흐르듯이 자연스럽게 이어지는 흐름을 보이는 것을 보면 시인이 얼마나 시조의 가락을 체화하고 있는지를 실감할 수 있다. 자연과 삶, 예술에 대한 시인의 사유 또한 그윽하고 깊은 정취가 있으며 노년의 지혜가 빛을 발하고 있는데, 이러한 시적 성취는 시조라는 양식을 가지고 시인이 삶과 예술에 대해서 얼마나 갈고닦는 노력을 해왔는지를 증명해 주고 있다.

이번 시집에서 가장 눈에 띄는 것은 봄날에 대한 유정한 감회인데, 시인이 봄날에 대해 유독 강한 경사를 보이는 것은 물론 생명에 대한 애착과 의식 때문일 것이다. 혁명처럼 매 순간 변하는 풍경을 연출하는 봄날은 생명의 약동을 가장 잘 보여주는 계절이기에 봄날에 생명의 신비를 발견하는 것은 그리 이상한 일이 아니다. 특히 노년으로 접어들고 있는 연륜이다 보면, 거짓말처럼 부활을 시전하는 봄날은 여러모로 유정할 수밖에 없을 것이다. 이런 시인의 생명의식이 지닌 특징 가운데 하나는 각각의 생명들이 서로 마주 보고 감응하는 교감 능력이라고 할 수 있다. 시인 또한 그러한 교감의 자장 안에 들어가서 뭇 생명들과 관계망을 형성하고 있다. 생명에 대한 의식을 담고 있는 시편들의 세계 속으로 들어가 보자.

보드란
바람 일고
햇살도 환한 날에

새소리
귀를 씻고
물소리 마음 씻은

젖 냄새
연둣빛 이파리
삐쭉이는 입을 본다
　－「연둣빛 봄날」 전문

숨소리
가만 덮고
사위를 다독이며

귀 열고
들어보는
아침 해 돋는 소리

탄생은
신비로웠다
아기의 볼이 붉다
　-「동산에 올라」 전문

　앞서 지적한 것처럼 각 장을 3행으로 분절하여 배열함
으로써 9행시라는 독특한 형식이 창출되고 있다. 이러한
시도는 각 행의 율격이 1음보/1음보/2음보의 정형 율격
을 지닌 것으로서 단단장격의 장단율로 해석할 여지도
있으며, 음수율과 음보율에 기반을 둔 시조의 율격에 다
른 층위의 정형적 율격을 시도함으로써 율격적 다양성을
타진하고 있다는 점에서 충분히 주목할 대목이라고 할
수 있다. 율독을 해보면, 느리게 시상을 일으키고, 이어서
느리게 그것을 이어받은 다음 다소 빠르게 변화를 추구
하는 패턴의 반복이 이어짐으로써 흥겨우면서도 절제된

리듬감을 경험할 수 있다.

이처럼 절제되고 정제된 형식 속에서 시인은 봄날의 정취를 형상화하고 있는데, 「연둣빛 봄날」에서는 정화淨化와 재생再生의 이미지들이 빛난다. "새소리"가 "귀를 씻고", "물소리 마음 씻은"이라는 구절은 청명한 봄날로 인해서 맑게 씻긴 시적 주체의 심신을 강조하고 있다. 종장의 "연둣빛 이파리"라든가 "젖 냄새"라는 이미지, 그리고 "삐쭉이는 입"의 시각적 이미지들은 연약한 생명이 발아하여 고물거리며 성장하는 광경을 마음속에 그리듯이 펼쳐 보이고 있다. 「동산에 올라」라는 시조 작품 역시 생명의식이 돋보이는데, "아침 해 돋는 소리"라든가 "아기의 볼이 붉다"는 표현들이 생명의 신비에 대한 시인의 내면 풍경을 대변해 주고 있다. 특히 "숨소리/ 가만 덮고/ 사위를 다독이며"라든가 "귀 열고/ 들어보는"이라는 표현을 보면, 그러한 생명 탄생의 신비에 대해 조심스럽고 경건한 태도를 취하는 시인의 자세를 엿볼 수 있는데, 이러한 태도 속에는 생명에 대한 경외와 경이의 심정이 담겨 있다. 생명이 경이와 경외의 대상일 수밖에 없는 것은 "삼동을/ 견뎌내며/ 멍울로 숨긴 불씨"(「매화 필 무렵」)가 발화하는 것처럼 인고의 세월을 견뎌내고 기적처럼 탄생한

것이기 때문이다. 그래서 생명현상이란 간난과 신고의
과정이라 할 수 있는데, 그러한 점에서 이헌의 시조 작품
에서 그것들은 서로 관계망을 이루면서 유대를 형성하는
특징을 지닌다.

바람도
살펴 가는
병풍산 둘러친 곳

좁다란
샛길 한 줄
세상을 잇고 있다

봄여름
오가는 세월
빗장 열고 지나고
　－「외딴집」 전문

결 고운 바람들이 밤 지샌 강을 깨워
물안개 칭칭 감은 갈잎을 털어내고

눈부신

아침을 위해

물비늘을 띄웁니다

구름이 벗겨지고 햇살이 눈부신 날

뱀처럼 길게 누운 그 강을 생각하며

종심從心에

붓끝을 세워

돛단배를 그립니다

   -「그 강가에서」 전문

　「외딴집」과 「그 강가에서」에서 모두 인간과 자연의 교
감이 그려지고 있다. 「외딴집」에서 "외딴집"은 세속으로
부터 멀리 떨어져 소외되어 있는 민가民家를 의미하는데,
그 외딴집은 "좁다란/ 샛길 한 줄"을 통해서 세상과 연결
되어 있다. 그 "샛길 한 줄"을 통해서 "봄여름"을 비롯하여
다양한 "세월"들이 오간다. "병풍산 둘러친" 외딴곳에 있
는 집이지만, "샛길 한 줄"을 통해서 세상과 인연을 이어
가고 있는 셈이다. 한편으로는 한적한 곳에서 살고 싶은
시인의 욕망이 투영되어 있으면서 동시에 자연과 세상과

교감하면서 살아가고 싶은 시인의 가치관이 은연중에 반영된 작품이라고 할 수 있다.

「그 강가에서」에서는 자연과 자연의 교감, 자연과 인간의 교감이 펼쳐지고 있다. "결 고운 바람들이 밤 지샌 강을 깨우"고, "물안개 칭칭 감은 갈잎을 털어내고", "물비늘을 띄우"는 현상들은 모두 자연물인 바람과 강, 갈잎이 서로 교감하는 장면이라 할 수 있다. 그들은 서로 밀고 당기며, 접촉하고 반응하면서 교감하고 있는 것이다. 이러한 자연물들의 교감에 감응한 시적 주체 또한 바람이 깨우고 물비늘을 띄운 그 강물에 "돛단배" 하나를 그려 넣는다. 돛단배 한 척이 그 강에 띄워지자, 그 강에는 바람과 갈잎과 물비늘과 돛단배가 어우러져 완벽한 풍경이 되었다. 여기서 완벽하다는 것은 자연과 인간이 어우러져 하나의 조화로운 풍경이 된 것을 의미한다. 시인은 자연과의 하나만을 염원하지 않고 인간들 또한 서로 교감하는 하나의 세계가 되기를 희망하기도 한다.

삶이야
찌들어도
꿈 하나 키웁니다

따뜻한

마음으로

소중히 가꿉니다

모두가

하나 되는 날

그날을 그립니다

　　－「작은 꿈」전문

"모두가/ 하나 되는 날"은 어떤 날일까? 그날은 모두가
행복한 날은 아닐 것이다. 삶이 찌들고 불행해도 서로가
위로와 위안이 되는 날, 서로 동정과 연민을 나누는 공감
sympathy과 유대가 이루어지는 날, 자연과 자연, 인간과 자
연, 인간과 인간이 서로 교감하는 날이 그날일 것이다. 시
인은 그것을 "작은 꿈"이라고 겸손하게 표현하고 있지만,
결코 작은 꿈이 아닐 것이다. 인간과 자연이 하나가 되는
대동大同의 완성은 결코 작은 이상이라고 할 수 없기 때문
이다. 시인은 그러한 날들을 위해서 생명의 가치를 소중
히 가꾸고, 교감과 공감의 영역을 확대하는 시조 쓰기에

매진하고 있는지도 모른다.

2. 그리운 것들과 깨달음으로서의 삶의 지혜

이전 시조집에서도 그렇지만, 이번 시조집에서도 이헌 시인의 주된 정조는 그리움이라 할 만큼 그리운 것에 대한 시편들이 많다. 이미 지나가 버린 것, 운명의 엇갈림으로 인해서 이별해야 했던 사람, 유한한 본성으로 인해서 차안과 피안으로 나뉘어야 했던 대상을 향한 형언할 수 없는 그리움이 시조집에 편재해 있는 것이다. 그만큼 시인이 정이 많고 여린 감성을 소유하고 있기 때문일 것이다. 그런데 시인은 이러한 인간적인 차원의 정서에 매몰되어 있지는 않다. 자연과 삶과 세상의 이치와 순리에 대한 각성과 깨달음의 시편들이 이를 증명하고 있는데, 이헌 시조집에서 가장 돌올한 부분이기도 하다. 삶의 경륜과 성찰이 어우러져 빚어내는 깨달음과 지혜의 시편들역시 군더더기가 없고, 자연스러운 사유의 결과로 도출된다는 점에서 순리를 중시하는 시인의 성품을 짐작할수 있는데, 그윽하고 심오한 성찰이 깊이 음미할 만한 여운을 제공하고 있다.

회색빛 도시 하늘 이고 설 수 없는 날에
불현듯 생각나는 그 사람 이름 석 자
혼자라
더 외로운가?
눈시울 촉촉하다

사람이 그리워도 잊히고 잊고 살며
아무 일 없다는 듯 먼 산만 바라보는
이 겨울
애잔한 가슴
바람이 지나간다
      ―「그 사람이 그립다」 전문

　이헌 시인은 이 시조집 곳곳에서 그리움의 정서를 표
출하는데, 그에게 그리움이란 "가슴에/ 묻고 사는/ 자그
만 불씨 한 점"(「차를 마시며」)이라고 할 수 있으며, 그렇기
때문에 그것은 수시로 시인의 마음을 사로잡는 것이며,
삶을 지탱해 줄 힘이 되어주는 것이기도 하다. "회색빛 도

시 하늘 이고 설 수 없는 날에/ 불현듯 생각나는 그 사람"
은 삭막한 도시의 현실과 달리 따뜻한 마음을 지니고 있
는 사람일 것이며 그래서 마음속에 있는 "자그만 불씨 한
점"이라고 할 만하다. 현대사회에서 도시의 삶이란 "사람
이 그리워도 잊히고 잊고 살며/ 아무 일 없다는 듯 먼 산
만 바라보는/ 이 겨울"과 같이 매정하고 쌀쌀한 것이며,
그러하기에 마음속의 작은 불씨 같은 사람은 더욱 그리울
수밖에 없기 때문이다. 마음속의 불씨 같은 것으로는 지
극히 당연하게도 '고향'과 '어머니'가 가장 잘 어울린다.

  말로도 다 못 하고 글로도 못다 적을
  전설을 품에 안고 천 년을 견뎌냈다
  텅 빈 속
  다 내보여도
  아픔은 꼭 여미고

  새들이 둥지 뜨듯 자식들 다 떠나가도
  돌아올 날 기다리는 어머니, 그 모습을
  가슴에
  새겨두었다

잊지 않고 전해주마
　－「물한실 비자나무」전문

뒤란의 나뭇잎을 바람이 훑고 가면
고적함 달래려고 텃밭에 매달리시던
당신의
애잔한 세상
아직 또렷합니다

달고 산 가난에도 넉넉히 품어 안은
그 그늘 어찌 다 헤아릴 수 있으리까
따뜻한
햇살 한 자루
마당에 널었습니다
　－「어머니」전문

　"물한실"의 "비자나무"는 시인의 고향을 지키는 당산
나무라고 할 수 있는데, 천 년 동안 마을의 흥망성쇠를 지
켜봤다는 점에서 살아있는 "전설"이라 할 만하다. 시간은
깨달음의 원천으로 작동하기에 천 년의 수령을 자랑하

는 비자나무는 모든 욕망에서 자유로운 "텅 빈 속"을 지니고 있으며, 마을의 터줏대감으로 묵묵히 그 자리를 지키고 있다. 무엇보다 비자나무가 그리운 것은 "새들이 둥지 뜨듯 자식들 다 떠나가도/ 돌아올 날 기다리는 어머니"의 외로움과 그리움을 위로하면서 어머니와 함께 마을을 지켰다는 점이다. 비자나무는 자식들에 대한 염려와 사랑을 지닌 어머니의 모습을 전해주며 그것을 증언하는 대상이기에 그리움의 대상이 될 수밖에 없는 것이다.

「어머니」에서는 영원한 마음의 고향인 어머니에 대한 그리움을 토로하고 있는데, 시인이 추억하는 어머니의 모습은 애잔하고 애틋하기 그지없다. 어머니는 생전에 "고적함 달래려고 텃밭에 매달리시던" 모습에서 알 수 있듯이 평생 고독함을 일용할 양식처럼 향유하면서 사셨고, "달고 산 가난에도 넉넉히 품어 안은/ 그 그늘 어찌 다 헤아릴 수 있으리까"라는 대목에서 알 수 있듯이 평생 가난을 천직으로 알고 사셨던 분이었다. 시인이 "따뜻한/ 햇살 한 자루/ 마당에 널었습니다"라고 하면서 한 자루의 "햇살"을 불러오는 것은 평생 고독과 가난으로 일관하신 어머니에 대한 위로와 헌사의 제의祭儀라고 할 수 있을 것이다.

그런데 이런 시인의 이번 시조집에서 그리움의 정념보다 더욱 중요한 충동은 세상과 삶의 이치에 대한 성찰과 깨달음을 향한 의지처럼 보인다. 시인은 자연의 이치를 성찰하고 살아온 삶의 과정을 반추하면서 삶의 순리에 대해서 사유하는데, 이러한 성찰과 사유가 그윽한 경지에 이르고 있어서 시조의 품격을 더해준다. 깨달음을 향한 열망을 담고 있는 시편들을 살펴보자.

　　　물거울
　　　바라보며
　　　이슬로 단장하고

　　　번뇌를
　　　내려놓고
　　　달빛으로 채웁니다

　　　화두話頭는
　　　무엇입니까?
　　　꽃대 밀어 올립니다
　　　　－「수련睡蓮」

세상의

소리 중에

풍경 소리 제일 맑다

스치며

지나가도

여운이 길게 남는다

이명을

죄다 털어내고

법어로 채워볼까?

    -「풍경 소리」 전문

두 편 모두 불교적 상상력에 의지하고 있는 작품들인
데, 맑고 깨끗한 심성이 빛을 발하고 있다. 「수련」에서는
세상과 삶의 이치에 대한 시인의 관심과 열망을 "화두"라
는 시어가 대변해 주고 있는데, "번뇌"와 "꽃대"가 깨달음
의 구체적인 이미지를 제공해 주고 있다. "물거울/ 바라
보며/ 이슬로 단장하고"라는 대목은 끊임없이 자아를 성

찰하는 수련의 모습을 형상화하고 있으며, "번뇌를/ 내려
놓고/ 달빛으로 채웁니다"라는 표현은 마음을 비우고 자
연적 본성을 회복하는 것이 깨달음의 주된 방법임을 강
조하고 있다. "화두는/ 무엇입니까?/ 꽃대 밀어 올립니
다"라는 종장 또한 "꽃대"로 상징되는 생명의 본질에 육
박해 가는 것이 깨달음의 요체임을 시사하고 있다. 짧은
단시조의 시적 공간을 활용해서 이렇게 그윽하고 풍요로
운 사유를 펼쳐낼 수 있는 것이 놀랍다. 그것은 아마도 절
제와 압축의 시조미학에 대한 시인의 오랜 천착이 있었
기에 가능했을 것으로 추측된다.

　두 번째 작품인 「풍경 소리」 역시 불교적 사유에 의해
서 번뇌의 정화가 깨달음의 본질임에 도달하고 있다. "풍
경"은 세상에서 가장 맑은 소리를 내는데, 깊고도 긴 여운
을 남기기도 한다. 흔히 풍경 소리는 번뇌를 일소하는 부
처님의 법어에 비유되곤 하는데, "이명을/ 죄다 털어내
고/ 법어로 채워볼까?"라는 구절이 그러한 사실을 재확
인시켜 주고 있다. 여기서 "이명"이란 중생을 괴롭히는 번
뇌의 내용일 것이며, 그것을 털어내는 "법어"란 청정한 마
음을 회복할 수 있는 부처님의 가르침이 될 것이다. 그러
니까 풍경 소리는 이명을 털어내고 청정심을 회복한 해

탈의 마음을 상정하고 있다고 볼 수 있으며, 그러한 깨달
음이 가능한 것은 부처님의 법어를 통해서 번뇌를 일소
했기 때문일 것이다. 유사한 작품들을 몇 편 더 읽어보자.

세속에
발 담그고
꽃대궁 밀어 올려

깨달음
불 밝히는
그 마음 진여眞如니라

한 소반
달빛을 이고
해탈의 문을 연다
 -「연꽃」전문

달 없는
그믐밤은
적막이 빈 절간 같아

돋아난

아픔들을

염殮하듯 꼭 싸매고

흩어진

마음을 모아

다소곳 앉힙니다

　－「적寂」 전문

　「연꽃」에서는 진흙 속에 뿌리를 두고서 아름다운 꽃을 피우는 연꽃을 대상으로 티끌 속에서 중생의 고통과 함께하는 것이 진정한 깨달음이라는 메시지를 전달하고 있다. "세속에/ 발 담그고/ 꽃대궁 밀어 올리"는 연꽃이야말로 깨달음의 실체인 "진여"라는 것, 곧 세속을 벗어나 고고한 곳에서 청정을 유지하는 것이 깨달음이 아니라 세속의 번뇌 속으로 들어가서 그들을 구제하고 함께 성불하는 것이 번뇌의 얽매임에서 풀리고 미혹의 괴로움에서 벗어나는 "해탈解脫"의 진정한 의미임을 강조하고 있는 것이다.

「적」에서는 역시 마음의 고요함을 이루는 것이 깨달음의 본질임을 설파하고 있다. "달 없는/ 그믐밤"은 갈피를 잡지 못하는 외롭고 쓸쓸한 마음의 상태를 암시하고 있는데, 그러한 마음에서 해방되어 고요하고 평온한 마음이 되는 것이 곧 깨달음이 될 것이다. 시인은 그 방법으로 "돋아난/ 아픔들을/ 염하듯 꼭 싸매"는 것, 그리고 "흩어진/ 마음을 모아/ 다소곳 앉히"는 것을 제시한다. 아픔들을 감싸 안고 흩어진 마음을 정돈하는 것이 마음의 평정을 찾는 방법이라는 것이다. 하지만 아픔을 감싸고 마음을 모으는 것은 어떻게 가능한 것일까?

꽃 지고
잎도 지고
내줄 것 다 내주며

그날이
언제 올까
기다려볼 일이다

완생의

꿈을 키우는

나는 아직 미생이다

 –「너에게 가는 길」전문

 불교에 방하착放下着이라는 말이 있다. 내려놓는다는
것인데, 마음속에 들끓고 있는 온갖 잡념과 집착을 내려
놓는다는 것이다. 집착을 내려놓는다는 것은 곧 텅 빈 마
음의 상태를 유지하는 것이며, 아무런 집착과 미망을 품
지 않는 것으로서 공空이라는 마음의 실재에 도달하는 것
을 의미하기도 한다. 시인이 "너에게 가는 길"의 방법으
로 "꽃 지고/ 잎도 지고/ 내줄 것 다 내주며"라고 하면서
모든 것을 버리고 내려놓을 것을 강조하는 것은 바로 이
러한 방하착의 마음 상태를 암시하기 위한 것이다. 시인
이 기다리는 "그날"이란 물론 해탈에 이르는 날, 아무런
번뇌와 미망의 고통이 없는 날이며 열반에 드는 날이기
도 하다. 시인은 그러한 날에 이르는 것을 "완생"이라 정
의하며 아무런 두려움과 거리낌도 표명하지 않는다. 집
착과 미망에서 벗어나 해탈과 열반에 이른 마음으로 사
는 삶은 초월과 달관의 그것일 것이다. 아무런 집착이 없
으니 근심과 걱정이 있을 수 없으며, 아무런 욕망과 미망

이 없으니 어떠한 고통과 번민도 있을 수 없는 삶, 그러하
기에 관조觀照의 삶이 가능한 것이 아닐까?

3. 삶과 예술에 대한 관조의 미학

화사한
한지 창에
색등이 아늑하고

차향에
잠긴 찻집
음악이 감미로워도

갈수록
얇아지는 세월
마음은 구름이다
　-「찻집에서」전문

노을이

눈부셔도
사는 게 눅눅하다

주머니
탈탈 털어
가진 것 다 꺼내놓고

마음도
내려놓으니
달빛이 채워주네
  −「담담淡淡」전문

「찻집에서」라는 작품에서는 "한지 창"이라든가 "차
향" 등의 시어들이 현대사회의 욕망과 집착에서 자유로
운 담백한 마음을 함축하고 있다. "화사한"이라는 수식어
라든가 '감미로운 음악' 등이 등장하지만, 이러한 표현들
이 어지럽고 갈피를 잡을 수 없는 현대인의 마음 상태를
환기하지는 않는다. 그러한 화려함과 감미로움을 "한지"
와 "차향"이라는 이미지가 모두 흡수해 버리기 때문이다.
좀 더 직접적으로는 종장의 "마음은 구름이다"라는 구절

에서 모든 집착과 번뇌에서 자유로운 담백하고 홀가분한 마음의 해방감을 암시하고 있다. 특히 주목되는 구절은 "갈수록/ 얇아지는 세월"이라는 종장의 구절인데, 이러한 구절은 시간에 대한 강박관념에서 자유로운 마음의 상태를 암시할 뿐 아니라 온갖 번뇌와 집착을 내려놓는 '방하착'을 실천하는 마음의 상태를 시사하고 있기도 하기 때문이다.

「담담」이라는 작품 또한 욕망과 집착에서 초연한 삶의 자세를 보여주고 있다. 시인이 굳이 "노을"을 내세우는 것은 노년의 삶의 환기하는데, "주머니/ 탈탈 털어/ 가진 것 다 꺼내놓고"라든가 "마음도/ 내려놓으니" 등의 표현들은 앞서 말한 '방하착'의 마음 상태를 강조하고 있다. 가진 것도 다 털어 꺼내놓고, 마음속에 있는 집착과 미망도 모두 내려놓으면 본래의 마음을 회복할 것이다. "달빛이 채워주네"라는 표현이 그것을 암시하는데, 자연의 본성, 곧 천성을 회복한다는 것을 의미한다. 시인은 그러한 삶의 모습과 자세를 "담담"이라는 제목으로 암시하고 있는데, "담담淡淡"이란 물이 지극히 평온하고 그윽하게 흐르는 것을 형용하는 말이면서, 욕망이 희석된 상태의 삶, 그래서 근심과 걱정이 없는 지극히 평온하고 담백한 삶을 내포하고 있는 시어이기도 하다. "담담"의 경지에 이른 삶은 인위人爲와 악착齷齪이 없으며, 말 그대로 물 흐르는 듯한 자연스러운 삶이 이어질 것이다.

힘들면
쉬어 가고
막히면 돌아가고

세상을
그냥저냥
그렇게 살아간다

하나도
다 모르는데
둘, 셋을 어찌 알랴!
–「내가 사는 법」 전문

욕심을
털어내며
때 묻은 손을 씻고

곁눈질

하지 말고

느리게 더 느리게

이 하루

살아내는 일

그것은 인생이다

　－「만년晚年」전문

　"힘들면/ 쉬어 가고/ 막히면 돌아가고"라는 표현은 그
야말로 자연스러운 삶의 모습을 고스란히 드러낸 말이
다. 노자老子가 『도덕경』에서 상선약수上善若水라고 한 것
처럼 지극한 깨달음은 물과 같은 삶을 사는 것인지도 모
른다. 물은 만물을 이롭게 하면서도 다투지 않으며, 순리
대로 위에서 아래로 흐르고, 막히면 채워지기를 기다리
거나 돌아가는 습성을 지니고 있다. "세상을/ 그냥저냥/
그렇게 살아간다"는 표현도 삶을 되는대로 막 사는 것이
아니라 순리에 따라서 흘러가는 대로 흘러가는 물과 같
이 산다는 것을 의미한다. 이러한 삶이란 자연의 이치에

따라 사는 것이기에 무리가 없고 악착이 있을 수 없다. "하나도/ 다 모르는데/ 둘, 셋을 어찌 알랴!"라는 종장은 무지를 고백한 것이 아니라 인식론적 욕망과 충동에서 해방되어 있음을 토로한 것이다. 자신이 신봉하는 어떤 특정한 견해에 얽매이거나 고집하지 않고 자연의 이치에 순응하고 받아들이는 수동적인 삶을 내세우고 있는 것이다. 여기서 순응적이고 수동적인 삶의 자세란 소극적이고 부정적인 것이 아니라 특정한 견해에 얽매이지 않고 있는 그대로의 세계를 자기의 마음에 비추어 아는 관조적 삶의 자세를 지칭하는 것으로 '위대한 수동성'의 삶의 자세라고 할 만하다.

「만년」역시 달관적이고 초월적인 삶, 혹은 관조적 삶의 자세를 피력하고 있는 작품이다. "욕심을/ 털어내며/ 때 묻은 손을 씻고"라는 표현은 방하착을 실천하며 청정무구한 삶을 추구하는 마음의 자세를 표명하고 있고, "곁눈질/ 하지 말고/ 느리게 더 느리게"라는 구절은 아집과 집착에서 벗어나 자연의 순리에 따라 살아가는 삶, 즉 자신의 의지가 아니라 자연의 이치가 명하는 대로 따르는 삶을 의미한다. 여기서 "느리게 더 느리게"라고 표현한 것은 현대문명의 삶의 리듬이 아니라 자연의 리듬에 따라 사는 삶을 의미하기도 하지만, 삶의 모든 국면들을 음미하면서 세계를 자신의 마음에 비추면서 사는 삶으로서의 달관과 관조의 삶을 암시하고 있기도 하다. 방하착의 삶이란 집착과 미망이 없기에 과거와 미래를 향하지 않는다. 시인이 "이 하루/ 살아내는 일/ 그것은 인생이다"라고 표현한 이유가 여기에 있다. 모든 인생이 '지금-여기'인 "이 하루"에 달려있게 되는 것이다. 방하착의 삶, 혹은 달관과 관조의 삶이란 소극적이고 수동적이며 퇴행적인 삶이 아니라 능동적이고 적극적인 삶이다. 다음 시에서 강조하는 것처럼 '사랑'의 실천이기 때문이다.

마음은
부자지만
가진 게 너무 없어

따뜻한
정 말고는
드릴 게 없습니다

그러니

어찌할까요?

곱다시 사랑합니다

－「곱다시 사랑합니다」전문

가진 것이 없지만 "마음은/ 부자"라는 표현은 집착과
미망을 버린 마음이 만상을 차별하지 않고 있는 그대로
받아들이기에 그렇다는 것이다. 관조한다는 것은 직관直
觀, intuition 한다는 것이기도 한데, 직관한다는 것은 주체의
경험과 추론에 의해서 대상을 파악하지 않고, 대상 안으
로 들어가서 그것을 있는 그대로 파악한다는 것이다. 그
러니까 직관이란 대상에 대한 사랑을 전제하고 있는 것
이다. 시인은 이러한 상황을 "곱다시 사랑합니다"라고 표
현하고 있는데, '곱다시 사랑한다'는 것은 무던히 곱게 사
랑한다는 뜻과 함께 있는 그대로를 고스란히 존중하며
사랑한다는 의미도 내포하고 있다. 관조적 삶의 실체가
사랑임을 정확히 드러내고 있는 작품이라 할 수 있다. 그
렇다면 관조적 삶에서 예술 혹은 시란 어떤 것일까?

꽃들은

지더라도

향기는 두고 간다

남길 게
하나 없이
맹물로 살아왔다

언제쯤
글다운 글 한 줄
품어볼 수 있을까
 ―「무명 시인」 전문

버릴 것
죄 버리고
비울 곳 다 비우고

자그만
꿈 하나를
가슴에 품고 싶다

읽어야

비로소 글이 되는

그런 글, 그런 글을

　-「그런 글」전문

　시인이 꿈꾸는 "글다운 글 한 줄"은 어떤 글일까? "꽃들은/ 지더라도/ 향기는 두고 간다"는 표현에서 힌트를 발견할 수 있다. 꽃들이 지면서 두고 가는 향기란 꽃을 꽃이게 하는 것으로서의 꽃의 본질, 꽃의 정체성이라고 할 수 있다. 그러니까 꽃은 자신을 자신이게 하는 향기를 남기고서 지는 것이다. 시인이 꿈꾸는 "글다운 글 한 줄" 또한 그런 속성의 글일 것이다. 자신을 자신이도록 하는 어떤 고갱이를 표현한 글, 자신의 진면목, 진여眞如를 드러내는 글 한 줄이 글다운 글이 아닐까? 그렇다면 자신의 진여를 드러내는 글은 어떻게 쓸 수 있는가?

　「그런 글」이라는 작품이 그에 대한 해답을 제시하고 있는데, "읽어야/ 비로소 글이 되는/ 그런 글"을 쓰면 된다. 그런데 "읽어야/ 비로소 글이 되는/ 그런 글"이란 어떤 글일까? 우리는 쉽게 쓰는 글과 읽는 글을 대비해서 생각해 볼 수 있다. 쓰는 글이란 자신의 주장과 생각을 피력하는 글, 곧 담론이라고 할 수 있으며, 읽는 글이란 있는 그대

로의 세상을 읽어주는 글, 즉 있는 그대로의 세계를 있는
그대로 드러내 주는 글이라고 해석해 볼 수 있다. 그러니
까 쓰는 글은 글 쓰는 주체가 주인공이며, 읽는 글은 세계
그 자체가 주인공인 셈이다. 읽는 글이란 어떻게 쓰는가?
자신이 주장과 신념을 내세우지 않고 있는 그대로의 세
계를 자기 마음에 비추어야 한다. 그러니까 집착과 미망
에서 벗어나 자신의 마음을 거울처럼 맑게 닦아서 거기
에 있는 그대로의 세계를 비추고 비치는 것을 그대로 쓰
는 것이 읽는 글이 될 것이다. 따라서 "읽어야/ 비로소 글
이 되는/ 그런 글"이란 관조적 글쓰기의 글과 다르지 않
다. 물론 관조적 글쓰기란 세계를 있는 그대로 자신의 마
음에 비춘다는 의미에서 사랑의 글쓰기와 다르지 않을
것이다.

  우리는 지금까지 이헌 시인의 다섯 번째 시조집의 그
윽하고 웅숭깊은 시조의 미학을 살펴보았다. 전혀 어색
하거나 꾸민 듯한 느낌이 들지 않는 자연스러운 가락, 그
리고 그 속에서 함축과 절제를 통해서 펼쳐지는 그윽하
고 심오한 삶의 철학은 현대시조가 구축한 하나의 진경眞
境이 아닐 수 없다. 시조가 현대인의 삶과 정서를 반영할

수 있을 뿐만 아니라 오래된 미래의 양식으로서 미래적
삶의 지침과 척도를 가늠하도록 해주는 양식일 수 있음
을 증명하고 있다. 현대시조를 쓰고 공부하는 사람으로
서 참으로 반갑고 고마운 일이 아닐 수 없다.